一窺科技新知

10 個追尋夢想的科技故事

尋找中國未來地圖上的你

徐魯 著

中華教育

目錄

將來有一天，你會乘風破浪
——寫給今天的少年

很多年以前，一位美麗的女教師，教我學會了一首英文歌，歌名是《將來會怎樣》（編按：*Whatever Will Be, Will Be*）。多少年過去了，我一直沒有忘記它，還常常會在心裏哼唱起它。這首英文歌的歌詞翻譯出來是這樣的：

> 當我還是一個小姑娘
>
> 我問我的媽媽，將來會怎樣
>
> 我會快樂嗎
>
> 我會富有嗎
>
> 媽媽這樣回答我
>
> 無論將來怎麼樣
>
> 我們都無法預想
>
> ……

是的，所有的孩子都會對「將來」感到好奇，並且喜歡去想像將來會怎樣。歌中的這位媽媽沒有直接給答案，

但答案一定是這樣的：親愛的孩子，你要相信，所有的幸福和快樂，都是用你的勤奮、努力和奮鬥換來的，幸福和快樂不會自己從天上掉下來，只要你付出了自己的真心和努力，你就是一個對「將來」付出了責任、敢於擔當的人，你就是一個問心無愧的人！這時候，將來的一切都是真實的，而不是虛妄和幻想的。

最弱小的花蕾，也會渴望盛開。今天，你在課堂上高高舉起手臂，搶着回答問題，將來有一天，你高舉的手臂，也許就會成為一片智慧的大森林！

每個生命，都充滿了無限的可能，特別是孩子。所以，文學巨匠高爾基曾這樣說過：「地球永遠是屬於孩子們的……他們正像新的光輝火焰一樣燃燒着。正是他們使生活創造的火焰永不熄滅……」

2017 年 12 月 31 日，也就是 2018 年新年到來前夕，中國國家主席習近平，向全國和全世界人民，發表了令人振奮的 2018 年新年賀詞。在賀詞裏，習主席說到，2017 年，

中國在科技創新、重大工程建設領域裏捷報頻傳！他列舉出了十大成果：

「慧眼」衞星遨遊太空，C919 大型客機飛上藍天，量子電腦研製成功，海水稻進行測產，首艘國產航母下水，「海翼號」深海滑翔機完成深海觀測，首次海域可燃冰試探成功，洋山四期自動化碼頭正式開港，港珠澳大橋主體工程全線貫通，「復興號」奔馳在中國廣袤的大地上……

看到這麼多、這麼神奇和科技成果，習主席動情地說：「我為中國人民迸發出來的創造偉力喝彩！」

從這些我們中國人自己創造的科技創新奇跡、重大工程建設奇跡的故事裏，你也許會想像到自己的將來，你也許會看到和感受到自己幼小的生命所擁有的光亮與美麗，你也許會獲得成長的自信、力量和勇氣。

也許，你會成為一名宇航員，遨遊美麗的太空，去探

索宇宙的奧祕。

也許，你會成為一名無比自豪的客機機長，駕駛着我們的國產大客機，在遼闊的藍天上，在白雲之間穿行⋯⋯

也許，你會成為一名海洋科學家，操控我們的「海翼號」深海滑翔機，下潛到世界最深的海溝裏，去完成深海觀測任務⋯⋯

也許，你會像種植出神奇的「海水稻」的袁隆平一樣，培育出新的農作物品種⋯⋯

⋯⋯

我相信，書中每一個故事的主人公，也許就是未來的你。

我相信，將來有一天，你也會乘風破浪，也會在中國未來的地圖上找到自己的身影！

徐魯

多想一點，多知一點
擁有由自己想像的未來

依據地圖，我們可以漫遊世界每個角落，然而，若懷着好奇心，我們的目光便不應滿足於停駐於地圖上，而是想像地圖範圍以外的未知領域，然後踏上冒險之旅，自由地探索還未被人開拓的版圖，甚及追求仍不為人知的世界真相。關於科技的未來，可以發揮的空間早已擴展到無限神祕的宇宙。如果有志闖入這片科技領域，現在不妨先多想一點，多知道一點，在自己想像的未來尋找自己的發展方向。

現代科學發展之快，常常令人產生自己好像已經追趕不上時代似的感覺。本書介紹過的好些科技成就，進展也的確是一日千里，相信連作者自己也始料不及。為了盡量緊貼這些科技的新知，在本書中追加了一些科技的最新發展及動向，並對原版內容加以分類、整理，在篇幅上也略有增刪，務使讀者對於中國近年的科技成就有更深入、更立體的認識。

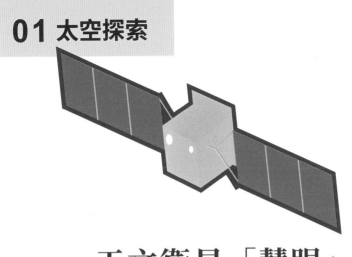

天文衞星「慧眼」

在螢火蟲飛舞的夏夜裏，在瓜果飄香的秋夜裏，小朋友們都喜歡仰望星星閃耀的夜空，尋找古老的神話傳說裏的牽牛、織女，尋找美麗的銀河、北斗七星、太白金星……

很多小朋友可能還會背誦葉聖陶寫的《小小的船》：

彎彎的月兒小小的船，
小小的船兒兩頭尖。
我在小小的船裏坐，
只看見閃閃的星星藍藍的天。

今天，人類航天科技，早已揭開了古人蒙在月亮上的想像的面紗，把一個真實、美麗的月亮，呈現在了我們的面前。

還有，那些閃耀在茫茫夜空中的星星，就像是天上明亮的眼睛，有的離我們很遠很遠，有的又好像離我們很近很近。它們都在不停地眨呀眨呀，每個夜晚都在陪伴着我們，温柔地注視着我們……

就在 2017 年，在茫茫的太空裏，又多了一顆美麗的「大眼睛」！

神奇的「慧眼」

2017 年 6 月 15 日這天上午，科學家們正在甘肅酒泉衛星發射中心緊張地忙碌着。

11 點鐘的時候，從安靜的發射中心指揮室裏，傳來了倒計時的口令聲：「……5、4、3、2、1，發射！」

隨着最後一聲口令，一枚帶着「中國航天」標誌的「長征四號乙」運載火箭騰空而起，把中國的第一顆「硬 X 射線調製望遠鏡」（Hard X-ray Modulation Telescope, HXMT），成功地發射到了太空之中，在距離地面 550 公里的低空地球軌道（一般高度在 2000 公里以下的軌道）運行。

這顆 X 射線天文衛星有 2.5 噸重，凝聚了中國幾代科學家的智慧與心血，是中國太空科學領域中最貴、最重和裝載科學儀器最多的一顆衛星。這顆衛星，從此將改變中

43次

「長征四號乙」運載火箭自 1999 年 5 月首次發射至 2021 年 11 月，已經成功發射的次數。

國在太空高能天文研究領域長期依賴國外衞星觀測數據的情況。

於是，科學家們為這顆天文衞星起了一個美麗的名字：「慧眼」。

為甚麼它的名字叫「慧眼」呢？原來，這裏面包含着兩層寓意。

本來，慧眼是一個佛教用語，指的是某種能夠認識過去和未來的「高超眼力」，後來慢慢變成了一個常用詞，進而又演變出了「獨具慧眼」這個成語。用「慧眼」來命名中國首顆 X 射線天文衞星，意思是說，這顆奇特的星星，

就像最明亮又最美麗的大眼睛，能看到別人看不到的東西，具有最敏銳的眼力，在茫茫太空裏閃耀着智慧的光芒，對太空進行巡天掃描，尋找證據解開那些困擾着人類的宇宙之謎：比如黑洞和脈衝星。

有了「慧眼」，我們就可以「看」清楚黑洞的活動，就可以穿過星際物質的遮擋，「看清」更多隱藏在茫茫太空裏的祕密。

顧名思義，這便是這顆 X 射線天文衛星命名為「慧眼」的第一層寓意。

■ 透視宇宙之謎

「慧眼」是中國首枚搭載 X 射線天文望遠鏡的衛星，其上同時安裝了高能、中能、低能三組 X 射線望遠鏡，實際上就是一座小型太空天文台。

由於 X 射線在穿越地球大氣層時會嚴重衰減，在地面上無法對其進行觀察，因此，便需要將望遠鏡通過衛星送上太空，在太空軌道捕捉 X 射線，避開地球大氣層的干擾，再加上 X 射線具有很高的穿透本領，所以，「慧眼」便能「看見」太空深處一些肉眼看不見的祕密現象。

在宇宙中，很多極端的天體物理過程都會產生並發出

強烈 X 射線，比如，中子星和黑洞吸積物質的過程、超新星爆發、伽馬射線暴的激波和噴流、中子星的表面等，也會產生豐富的 X 射線。各種天體的性質和特點不同，所輻射出來的 X 射線也不同，觀察和分析這些天體發出的 X 射線，便可更詳細地了解宇宙。

因此，「慧眼」的成功發射，促使中國天文學和太空科學研究有了新的發展。

■ 星星的孩子

「慧眼」的另一層寓意，是為了感謝和紀念一位傑出的女科學家為這顆衛星成功遨遊太空所做出的巨大貢獻。這位女科學家就是何澤慧，她的名字裏也有一個「慧」字。

1914 年春天，一個可愛的小女嬰，在中國蘇州的一座美麗的園林式大宅院裏誕生了。她就是後來成為著名高能物理學家、被譽為「中國的居里夫人」的何澤慧。

何澤慧出生在一個書香家庭裏，幼小時就十分機靈、敏捷，特別喜歡讀書，經常大聲唸誦詩詞和故事給弟弟妹妹們聽。

可是，漸漸地，她不再願意陪弟弟妹妹們玩耍了，而是經常一個人坐在夜晚的庭院裏，靜靜地仰望滿天的星星。

超過

5000

平方厘米

「慧眼」高能望遠鏡
的探測面積

那時候，她的老師和同學們，都不約而同地笑着說她是一個喜歡仰望星空的小女孩兒，她的爸爸、媽媽也常常稱她是「星星的孩子」。

何澤慧和兄弟姐妹都非常好學，從他們這個共有八位兄弟姐妹的家庭裏，竟然走出了四位物理學家、一位植物學家和一位醫學家。

何澤慧成為中國科學院第一位女院士。她在高能天體物理、宇宙線物理和超高能核物理等領域，都取得了非凡的科研成果。她的丈夫錢三強先生，是中國的「兩彈一星」元勛、傑出的物理學家。她曾與錢三強共同發現原子核三分裂和四分裂。

早在 1993 年，科學家李惕碚等人已提出天文衛星這個概念。2009 年，何澤慧已經九十五歲高齡，這一年的 5 月和 8 月，她先後兩次寫信給國家的領導人，信中積極推動 HXMT 這一項目。2011 年，「慧眼」正式進入工程研究階段，可惜也在同一年，何澤慧與世長辭。

■ 「慧眼」的主要工作

這顆呈立方體構型的衛星，由服務倉、載荷艙、太陽翼等構成，設計壽命四年，在距離地面 550 公里的軌道上

運行。裝載了高能、中能、低能 X 射線望遠鏡和空間環境
監測器，可觀測宇宙中的 X 射線和伽瑪射線。主要工作模
式包括巡天觀察、定點觀察和小天區掃描模式。其觀測數
據可以幫助科學家研究遙遠的宇宙，其研究對象範圍包括
黑洞、脈衝星以及伽瑪射線。

天文新發現

2020 年 9 月 4 日，「慧眼」通過對 X 射線吸積脈衝星
GRO J008-57 的觀測，採用直接測量的方法得到該脈衝星
表面的磁場強度，這是迄今為止，人類直接且非常可靠地
測量到的宇宙中的最強磁場。

截至 2021 年 8 月，「慧眼」衛星已在軌道運行超過四
年兩個月，科研人員在此期間已經投稿和發表了超過八十
篇學術論文。

目前，「慧眼」衛星已經超過了其設計壽命，但運行
狀態良好，各項指標正常，將來仍能夠有更新的發現。

C919 大型客機

在那些遙遠、古老的年代，我們的祖先曾經做過美麗的飛天夢。他們幻想着用自己智慧的雙手，打造出一把「金鑰匙」，去打開通往藍天的大門。

來到敦煌莫高窟，走進那些大大小小的洞窟，許多生動的彩塑和壁畫，都在描畫着我們祖先美麗的飛天夢。

東漢時期的科學家張衡，發明和製造出了一種可以飛翔的「木鳥」。

明代有一個被稱作「萬戶」的人，他突發奇想，想用「起火」（土火箭）作為動力，載着人飛到天上去。於是，他坐在一把捆綁着四十七支「起火」的椅子上，手持兩個大風箏，幻想着能夠飛上天空……

雖然萬戶的飛天夢想並沒實現，但是他的想法和思路，給後人留下了寶貴的啟示。為了紀念這位用土火箭載人飛

行的幻想者和預言家，現在，月球上的一座環形山，就是以萬戶命名的。

飛向藍天，飛向太空⋯⋯這是中國人千百年來一直在追求的一個夢想！

2017 年 5 月 5 日，這天下午，中國自行研製的一架機型代號為 C919 的大型客機，在上海浦東國際機場的跑道上，經過一段高速滑行後，呼嘯着騰空而起，向着高遠和遼闊的藍天平穩地飛去⋯⋯

■ 神奇的魔術師

你知道一架像 C919 這樣的大飛機，飛機身上有多少個零件嗎？

設計師的答案是：一共有三百五十萬個零件！

而且，這三百五十萬個零件，還要集合成幾十萬個神奇的模塊。那麼，把這麼多的東西有序地組合到一起，讓它們無縫接合，完美地發揮好各自的作用，這不僅是高超的科學技術，還是一種創造的藝術。

那些參與大飛機製造和試驗的科學家、設計師、工程師和工作人員，個個都像是充滿了智慧的神奇「魔術師」。大飛機的鈑金工陳昆就是這樣一位「魔術師」。

甚麼是鈑金呢？概括而言，鈑金是指對金屬薄板（通常在 6mm 以下）一種綜合冷加工工藝，使同一零件厚度一致。

2014 年 3 月，陳昆接到 C919 的零件研製任務後，帶領班組員工加班加點，不斷琢磨和試驗新工藝、新材料的鈑金加工方法，終於摸索和創造了一套「手敲工裝程序」，完成了千餘項零件製造，為大飛機的起飛贏得了寶貴的時間。

2016 年，C919 的零件需求量，又增加到了八千零四十八項。陳昆帶領他的組員，硬是啃下了這難啃的大骨頭，確保大飛機零件都按時交付。而陳昆也從之前的一名普通的鈑金工，成為一名鈑金鉚接手藝十分高超的高級技師了。

默默工作的人員

在 C919 飛上藍天這個「中國故事」裏，除了那些赫赫有名的設計專家、科學家、工程師，還有不少「小字輩」，他們也是故事裏令人敬佩的主角。

被同事們親切地稱作「小猴子」的周琦煒，就是一個典型的小字輩。

2006 年 9 月，剛從學校畢業的周琦煒，進入上海飛機

中国商用飞机有限
C919

5500
公里

C919 大型客機的
最大航程

製造廠。為甚麼同事們都叫他「小猴子」呢？原來，他不僅頭腦靈活、聰明，而且幹起活來也分外快捷、俐落，能上能下，好像每天都有使不完的勁兒。

當周琦煒還是一個小學徒的時候，就參與了國產大飛機的不少製造和試驗工作。二十二歲那年，他第一次出差就去了一個陌生的地方，內心可興奮了！從那時起，他就跟着大飛機，飛遍了中國的大江南北。從北方的內蒙古海拉爾、新疆烏魯木齊、甘肅嘉峪關，到南方的廣州、珠海等地⋯⋯

跟着大飛機試飛，可不像旅遊那麼輕鬆。大飛機試飛的每一個地方，都是條件比較艱苦和惡劣的地方，因為這樣可以更好地測試出飛機的各種適應能力。

在大飛機一次又一次的試飛過程中，小猴子也經受了一次又一次的鍛煉和考驗。十多年過去後，這勤勤懇懇的小猴子，已經從一個小學徒，變成了一個能夠獨當一面的小師傅了。

▉ 首次試飛

在古希臘神話故事裏，有一位手藝高超的老工匠，他用羽毛讓自己和兒子成為兩隻有翅膀的「大鳥」，並且飛

了起來。但兒子因為飛得太高，黏合羽毛的蜜蠟被曬得融化了，最後他掉進了大海裏……

這個古老的神話故事，既寄託着人類夢想着離開地球、飛向天空的美好願望，同時也告訴我們，在人類飛向高高的天空的進程中，每一次飛翔也都會伴隨着意想不到的危險。

在 C919 首次飛行前，試飛中心挑選出了五名試飛員，組成一個首飛機組，他們是機長蔡俊、副駕駛吳鑫、觀察員錢進，還有兩名試飛工程師馬菲和張大偉。

2017 年 5 月 5 日中午，五名試飛英雄在駕駛艙裏一切準備就緒。下午 2 時整，蔡俊駕駛着飛機，從上海浦東國際機場第四跑道騰空而起，勇敢而平穩地衝上了雲霄……下午 3 時 9 分在浦東機場第四跑道安全降落。

■ 不同階段的測試

其實在首次試飛之前，大飛機已經進行過各種各樣的測試，其中包括機械系統測試、發電和配電等供電系統測試、航電系統測試等等。

在完成首次飛行之後不久，第二架 C919 亦準備就緒。就在 2017 年 12 月 17 日 10 時 34 分，第二架 C919 在上

海浦東機場成功起飛。經過兩小時的飛行，於 12 時 34 分降落在浦東機場。

第三架 C919 大約在一年後，於 2018 年 12 月 28 日，從上海浦東機場起飛，成功完成第一次飛行。

截至 2021 年 4 月，已有六架 C919 進行過不同階段的試飛測試。這些大飛機進行過的測試包括了雷擊測試、地面結冰測試、濺水測試、高寒測試、金屬疲勞測試、地面側風測試等等。

大飛機更飛抵過位處不同地方的機場，例如內蒙古錫林浩特機場、新疆吐魯番交河機場等，在不同的氣候環境進行各階段的測試。

▉ 設計特點

雖然 C919 被稱作大飛機，但它實際上只屬於大飛機家族中的小弟弟。

C919 客機屬中短途商用機，是中國首款按照國際先進適航標準研製的單通道大型幹線客機。實際總長約 38 米，翼展約 35.8 米，高度約 12 米，基本設置 168 座。標準航程為 4075 公里。

C919 採用大量的先進複合材料、先進的鋁鋰合金等，

可望把機艙內的噪音降到 60 分貝以下。 在減排方面，C919 追求綠色排放，採用環保的設計理念，有望將飛機碳排放量較同類飛機降低 50%。

總括而言，C919 的成功首飛，對於中國有着非常重大的意義。它不但使中國民航不再依賴於從歐美購買客機，而且更重大的意義在於，C919 設計、製造的成功大大地提高了中國航空工業的設計水平和製造能力，鍛煉了一批航空設計、製造人才，提升了中國工業水平，為以後設計、製造出更大的飛機積累了經驗，打好了基礎。

量子電腦

　　2017 年 5 月 3 日，一個令人振奮的喜訊，從中國的首都北京瞬間傳遍了全世界。中國科學院向國內外正式宣佈：世界上第一台超越早期經典電腦的光量子電腦，在中國誕生了！

　　這一年 12 月 19 日，國際最著名的科學刊物之一的英國《自然》雜誌，評選出了「2017 年度十大科學人物」，中國物理學家、中國科學院院士、中國科學技術大學常務副校長潘建偉入選。《自然》雜誌為每位入選者寫了一篇新聞報導，為潘建偉寫的那篇，題目叫《量子之父》，文章的開頭這樣寫道：

　　「在中國，人們都稱他『量子之父』。對於這個稱呼，潘建偉當之無愧。在他的帶領下，中國成為量子通信技術的領導者。」

2011 年，潘建偉當選為中國科學院院士。

100 年與 0.01 秒

相信很多人對量子電腦都非常陌生，與現在使用的電腦不同，量子電腦是按照量子力學規律進行運算的電腦。量子電腦具有超快的計算能力，究竟有多快？

在解答這個問題之前，首先要問的應該是：

甚麼是量子電腦？

如果要解釋清楚，需要寫一本很厚很厚並且十分難懂的大書。

但是，我們也可以簡單一點說：如果用傳統的電腦，需要 100 年才能破解的難題，使用量子電腦，僅僅需要 0.01 秒鐘，就能解決問題了。

2017 年 12 月 19 日，在上海市徐匯區一家幼兒園的家長助教課上，「量子通信是甚麼」成了一個吸引着眾多小朋友和老師、家長的話題。

有小朋友好奇地問：「量子比芝麻粒還要小吧？」

還有小朋友說：「量子鑰匙，肯定不會被小偷偷走了！」

前來給小朋友們講故事、上課的科學家潘建偉告訴孩子們說：「量子就和齊天大聖孫悟空一樣，有變身法，還

會筋斗雲呢！」

潘建偉還講述了自己的一次親身經歷。他在國外留學期間，遇到過一位八十多歲、滿頭白髮的老奶奶。他萬萬沒有想到，這位老奶奶竟然對他說：「我讀過你在《自然》雜誌上發表的科學文章。」

一位八十多歲的老奶奶，竟然還會有興趣去讀那些非常難懂的科學雜誌！她是有着多麼寶貴的好奇心和求知慾啊！

這件事給潘建偉帶來了極大的觸動和感動。他後來回憶說：「作為一名科學家，如果對科學沒有像那位老奶奶那樣的好奇心和求知心，沒有我們每個人小時候奔跑在田野時的那種興趣、興奮和快樂的話，我們就很難有活躍的想像力，也很難有創造的激情，我們的國家在科學上也難以成為一個真正的創新國家。」

▓ 量子的難題

世界上最早提出「量子計算」的人，是被人們稱為「科學頑童」的美國物理學家費曼。他在 1982 年提出了這一概念。

在費曼提出「量子計算」概念之後，又過了三年，1985 年，英國的物理學家又向前邁了一小步，提出了「量

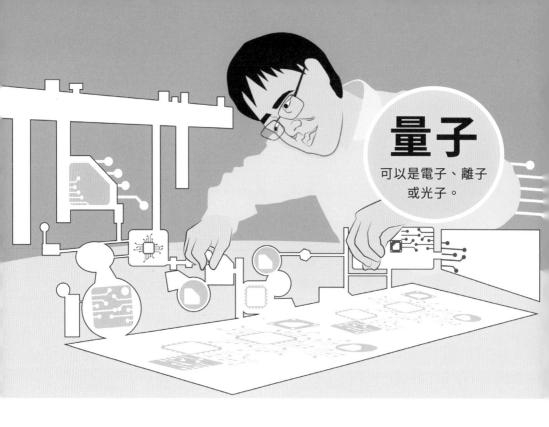

量子

可以是電子、離子或光子。

子圖靈機」的概念。接着，世界上不少物理學家開始鑽研量子計算這個難題。

可是，這個難題實在是太難了！不久，一些科學家認為，量子電腦只能是紙上談兵，是不可能真正製造出來的。所以，有的科學家知難而退，不再對這個科學難題抱有甚麼希望了。

直到後來，科學家又發明了「量子編碼」，人們好像又看到了一絲希望的亮光。「量子編碼」的發明，好像是把量子電腦這個課題，從垃圾桶裏又撿了回來。

潘建偉和朱曉波、王浩華、陸朝陽等科學家一起，組

成了被人稱為中國量子研究「夢之隊」的科研團隊。他們沒有被量子計算這個世界難題嚇倒，而是全力合作，追夢十年，最終攻克了這個世界難題，研製出了世界第一台量子電腦！

■ 追夢的故事

　　潘建偉小時候生活在浙江農村。他說，小時候他就是田野上的一個小牧童，春天的時候，會和小夥伴一起去綠油油的田野裏挖薺菜，回家讓媽媽包薺菜春卷吃。夏天的時候，會和小夥伴一起下河去摸螺螄。到了冬天呢，又會和小夥伴一起去比賽爬山……

　　1987 年，潘建偉從浙江老家考入中國科學技術大學近代物理系，第一次接觸到量子力學。他說：當時，他們做過一個神奇的「雙縫實驗」，那實在是太奇怪了！好比一個人，要麼在上海，要麼在北京，怎麼會同時既在上海又在北京呢？這個實驗，一下子把他帶入了又奇妙又陌生的量子世界。那一年他十七歲。

　　甚麼是雙縫實驗呢？17 世紀時期，科學家惠更斯率先推測光是波的一種，而另一位科學家牛頓則提出另一假說，認為光是一種粒子。直至 19 世紀，科學家楊格（亦稱楊氏）

進行了「楊氏雙縫實驗」，結果證實了光的波動性。但是到了 20 世紀初，愛因斯坦提出光的粒子性質，並得到其他物理學家的實驗證實，光具有波粒二象性。

1996 年，潘建偉帶着量子研究的夢想，來到了位於阿爾卑斯山下的美麗的奧地利小城因斯布魯克。他的量子學之夢，在這裏展開了飛翔的翅膀。

在第一次見面時，他的導師兼物理學家塞林格問他：

「潘，你的夢想是甚麼？」

他回答說：「我的夢想就是，不久的將來，我回到中國時，在中國建一個和這裏一樣的、世界一流的量子實驗室。」

學成回國後，潘建偉滿懷着這個美麗的夢想，開始了追夢行動。

為了實現他心中美麗的量子夢，他和他的科學家同事們專心致志、孜孜不倦，付出了「探夢不止、追夢無懼」的十年！

▊ 更遠大的目標

潘建偉和他率領的「夢之隊」為中國創造的奇跡，還不僅僅是量子電腦呢！

2016 年 8 月，他和科學家同事們研製的世界第一顆量子科學實驗衛星「墨子號」，成功發射到了太空。2017 年 1 月，「墨子號」圓滿完成了四個月的在軌測試任務後，正式交付中國科學技術大學開展科學實驗。

其實，潘建偉和他的「夢之隊」還有更美的夢想、更大的目標，那就是在我們居住的地球和遙遠的月球之間，建立起 30 萬公里的量子糾纏，用來檢驗量子物理的理論基礎，探索引力與時空的結構。

這個夢想，聽起來更是十分「難懂」。

甚麼是量子糾纏呢？簡單而言，當量子產生聯結，即使兩個量子被銀河相隔了超過 10 萬光年，其中一個量子被干擾，另一個量子也會即時受影響。量子糾纏正是量子電腦的基本原理之一。

量子電腦另一個基本原理便是量子疊加，簡單而言，即是單一量子同時處於兩種物理狀態。只要量子能夠達到糾纏和疊加狀態便可以做為量子位元 (qubit)。量子電腦最基本的運算單元便是量子位元。

潘建偉的研究團隊向着目標前進，在量子技術方面取得一系列進展。2020 年 12 月，成功構建「九章」量子電腦原型機，這是量子電腦研究的重要里程碑。「九章二號」亦於 2021 年 10 月面世。

04 生物科技

海水稻

著名詩人曾卓寫過一首小詩《一個老農民》，寫的是一個老農民，靜靜地坐在小河邊，懷着親切的記憶，懷着溫暖的心，用矇矓的目光凝望着遠山，凝望着遠山背脊上的夕陽，聽着在心中流過的一支古老的歌，想着媽媽曾輕輕呼喚他的乳名⋯⋯

每次讀到這首小詩，我就會想到被人們稱為「雜交水稻之父」的農業科學家袁隆平。

在大多數人的心目中，袁隆平就是一位地地道道的「老農民」。因為他大半輩子都是在田野裏，和各種水稻打交道。

他還有一個美譽——「當代神農」。人們說，這位像神話故事裏嚐百草的神農一樣的科學家，不僅給中國人送來了巨大的「糧倉」，而且，有人估算過，袁隆平親手培

育出來的雜交水稻種子，為中國人創造的效益，相當於幹了兩億農民的活。

◪ 認識農業始祖

袁隆平第一次真正理解中國農業的始祖神農，是在 1936 年秋天。當時，他們一家人遷居到湖北的漢口不到一個月，平時就注重孩子美德教育的媽媽，藉着這個機會，帶着小隆平兄弟遊覽了離漢口不遠的神農洞。

神農洞相傳是炎帝神農出生的地方，這裏供奉着炎帝的塑像。當時正是秋收的時候，來這裏祭拜的人絡繹不絕，農人們都在感恩這一年的風調雨順、糧食豐收。

小隆平看到那麼多人朝着神農像跪拜，就好奇地問媽媽：「為甚麼神農這麼受人愛戴？他是能給人間帶來幸福的神仙嗎？」

媽媽就給孩子們講述了神農的故事。這讓小隆平明白了，神農原來是一位這麼好心的神仙呢！

「原來，我們吃的糧食，都是神農指點人們種出來的！」

在媽媽的引導下，小隆平和弟弟一起，給神農恭恭敬敬地行了三個鞠躬禮，表達了他們對這位好心的神仙的敬

佩和感恩之情。

　　這件事，從此也深深地刻在了小隆平的心裏，使他對糧食、民生、農耕這些字眼，有了初步的認識，也初步懂得了「民以食為天」的道理。

■ 雜交水稻之父

　　1962 年，袁隆平三十二歲了。這時候，他已經深深愛上了農業科技，特別喜歡鑽研農作物的育種科研，並且已開始着手水稻的雜交試驗了。

　　有一天，他在一塊稻田裏發現，有一株水稻好像鶴立雞羣一樣，稻穗特別大，而且結實飽滿。他用手托了一托，感覺沉甸甸的。他耐心地等到這株稻子成熟了，就收割了起來，留作了種子。

　　第二年，他把這一穗稻穀的種子播撒在水田裏。經過了一番辛苦的培育，他滿心希望能有一個好的收穫，不料，結果讓他十分失望：長出來的稻子，竟然也是高的高、矮的矮，抽出的穗子大小不一，並沒有出現他期待的景象。

　　他坐在田埂上想了好半天：究竟為甚麼失敗了呢？

　　他想，也許第一年選出的是一株天然雜交稻種，並不是純稻種。

正是從這株稻穗身上，袁隆平獲得了啟發，產生了一個大膽的想法：用人工雜交的辦法，或許可以培植出高產的雜交水稻呢！

功夫不負苦心人。勾腰駝背、整天埋首在稻田裏的袁隆平，在 1964 年和 1965 年，分別找到了六株雄性不育稻株。他在六十多個瓦缽裏面折騰了兩年，終於完成了自己的實驗，收穫了期待中的結果！

在後來的許多年裏，他不斷地進行更多的實驗，成功地培育出了一個名叫「南優 2 號」的雜交水稻品種。「南優 2 號」的成功，讓他嚐到了科學帶來的甜頭，從此他就一頭扎在了培植雜交水稻的事業上，就像着了魔一樣。

中國是一個有着數千年農耕史的農業大國，人人都懂得「民以食為天」的道理。現在，人們一提到「糧食」二字，首先就會想到「雜交水稻之父」袁隆平。

■ 神奇的海水稻

2017 年 9 月 28 日，正值北方金秋的收穫季節，從中國青島海水稻研究發展中心的試驗基地裏，傳出了喜訊：

經過了一百五十三天的精心培育，袁隆平在青島試種的第一代海水稻，當天下午收割後，測試了產量，結果真

20%
以上
雜交水稻比普通水稻
增加的產量

是令人振奮！

「最高畝產為 620.95 公斤，大大超出我們的預期！」

一些人立刻這樣計算着：如果按照每畝鹽鹼地產 200 至 300 公斤計算，中國現在的鹽鹼地總數約 15 億畝，將來如果推廣成功，那麼，可望增產糧食 500 億公斤，能多養活約兩億人呢！

「海水稻」，準確地說，就是「耐鹽鹼水稻」。我們現在每天吃的大米，是傳統水稻收穫而來的。這種傳統水稻，在較高鹽鹼濃度的水田裏是無法正常生長和結出稻穗的。

但是，在袁隆平擔任首席科學家的青島海水稻研發中心的試驗基地裏培育出來的這些「海水稻」，成熟的時候稻穗金黃，隨手捏開一粒稻穀，籽粒都十分飽滿。

▥ 「海水稻」有沒有鹹味？

在鹹水裏生長出來的水稻，會不會有鹹味呢？

在青島白泥地公園現場，專家們特意讓人蒸了一小鍋「海水稻」大米飯。在場的人都興致勃勃地端起飯碗，搶着去盛香噴噴的白米飯吃。

大家都沒有想到，這竟然是好香的米飯呀！大家一邊吃，一邊紛紛點頭說：「奇怪呀！只覺得比我們平時吃的

米飯還要香呢，哪有甚麼海水的鹹味！」

■ 不怕鹽鹼的水稻

　　「海水稻」是「耐鹽鹼水稻」的別稱。它可以在海邊灘塗或鹽鹼地種植、生長。中國有大量的海灘和內陸鹽鹼地，那裏是「海水稻」的用武之地。換言之，原本不適合耕種的荒灘也可變成種植海水稻的良田了。

　　為甚麼要研發「海水稻」？因為中國人口眾多，耕地資源有限。糧食問題是關係到社會穩定和國家安全的大問題。我們不僅要提高畝產量，還要開發新的可利用土地，將那些不能生產糧食的鹽鹼地利用起來。「海水稻」的研發成功，代表水稻種植業的又一次突破，也為人類解決糧食問題做出了新的貢獻。

　　2020 年，全國的海水稻示範種植面積已由原來的 2 萬畝擴大到 10 萬畝，遍佈新疆、青海、內蒙古、寧夏、山東、黑龍江、浙江等地的 10 萬畝海水稻陸續測試生產。

　　2021 年 1 月，袁隆平在一個論壇上宣佈，已在全國簽約 600 萬畝鹽鹼地改造項目，擬用八至十年改造整治約 1 億畝鹽鹼地。

　　2021 年 5 月，袁隆平與世長辭，享年九十一歲。

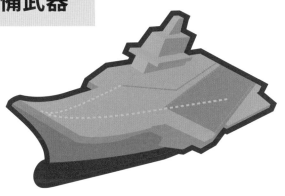

「山東號」航空母艦

每個小男孩兒的心中，都會有一個去遠方航海的夢。

小勇是一個充滿好奇心的小男孩。以前，每天晚上，爸爸都會給小勇講個小故事，可是後來，因為工作需要，爸爸到一個遙遠的地方工作去了。

媽媽每天的工作也很忙，而且還要忙着照顧她愈來愈圓的大肚子裏的小寶貝。所以每天晚上，小勇就自己跑到黑咕隆咚的儲藏室去「玩耍」，那裏是他自己的一個「祕密世界」。他記得爸爸說過的一句話：「一名船長的智慧，和大海一樣深沉、遼闊和豐富！」

在儲藏室裏，小勇祕密地用木頭、竹子、繩索等，悄悄地製作了一隻小帆船。他為小帆船取名為「夢想號」。

小勇的爸爸在一個遙遠的地方，從事着一項既偉大又艱巨，同時還需要對家人和朋友保密的工作：他是第一艘

國產航空母艦設計團隊裏的一名科學家。

小勇的爸爸為了早日建成這艘航母，和很多科學家、設計專家、技術工人一起，在遠方日夜不停地工作着。所以，小勇有好長時間沒有看到自己的爸爸了。

不過，就在不久前的一天，小勇和媽媽，還有仍在襁褓中的小妹妹一起坐在電視機前，在電視機裏的歡呼人羣中，小勇一眼就看到了爸爸的身影。

小勇驚喜地摟着媽媽說：「媽媽快看，這就是爸爸和叔叔們親手造的航母！看，爸爸和叔叔們站在一起，正在那裏擲瓶子呢！」

這天是 2017 年 4 月 26 日。是「山東號」航空母艦舉行下水儀式的日子。上午 9 點左右，北方的一座美麗城市大連的海港上，風和日麗，彩旗飄揚。在雄壯、嘹亮的國歌聲中，由中國自主設計建造的第一艘航空母艦，也是中國繼「遼寧號」之後擁有的第二艘航母，緩緩移出了船塢，停靠在了一個巨大的碼頭上。

■ 第一艘自主建造的航空母艦

航空母艦是一個國家綜合實力的象徵。雖然「遼寧號」是中國第一艘航母，但是，它原是前蘇聯海軍庫茲涅佐夫

元帥級航空母艦的二號艦，屬於蘇聯第三代航空母艦，中國於 2004 年購入這艘未完全建成的航母，自 2005 年起進行研究、續建及改造，2012 年正式服役。因此，這艘「遼寧號」並不算是中國自主建造的。

而在 2017 年 4 月下水的中國的第二艘航母，則是中國基於對「遼寧號」的研究，自主建造的首艘航母，是中國真正意義上的第一艘國產航母。

中國國產航母下水並駛向大洋，是中國真正擁有航母的標誌，其意義非常深遠。國產航母的下水使中國海軍乃至中國的整個軍事體系更好地滿足保衛中國利益的需要。國產航母的設計、製造成功也有助於中國的軍事工業乃至於整個製造業和工業體系發展。

■ 「山東號」正式服役

進行下水儀式後，「山東號」還需要一段日子才可以正式出海。在此之前，先要進行艤裝，即是船隻在岸邊停靠，逐步進行艦載武器和各項設施的安裝。

2018 年 5 月，「山東號」準備就緒，終於可以駛離碼頭，開展首次的出海試驗。經過多次出海試航及演練之後，2019 年 12 月 17 日，「山東號」在南海三亞軍港舉行了隆

3000
多個
「山東號」艦上的
船艙數目

重的交接入列儀式，正式服役。

　　這艘巨無霸艦船到底有多大，有多高呢？

　　它比一座大樓還要大，其高度約有二十多層樓高！它的長度約 315 米，超過了三個足球場接連起來的長度；它的寬度約 75 米；它的排水量達 5.5 萬噸；它的最高速度可達 31 節，即每小時 57 公里。

　　而且，這艘航母渾身上下，從裏到外，全部由中國自己的科學家、設計專家和技術人員設計建造。不僅是航母的船體，而且航母的「神經系統」「千里眼」等關鍵的系統和核心元件，都完全實現了國產化。

■ 「遼寧號」和「山東號」的比較

　　從外形上看，這艘國產航母跟「遼寧號」航母有點相似，但是，「山東號」的艦橋（是指甲板上的指揮塔、飛行控制室、雷達等建築物），比「遼寧號」加高了一層，但面積卻縮小了。

　　「山東號」的飛行甲板和機庫也是新設計，面積和體積比遼寧艦更大，因此，這艘國產航母可以搭載 40 至 45 架艦載機，當中包括殲 -15 戰機和大型直升機，可搭載的戰鬥機數量比「遼寧號」更多。「遼寧號」可搭載的戰鬥

機數量是 36 架。

■ 「山東號」的武備

　　配備在「山東號」上、代號「飛鯊」的殲-15 戰機是這艘航空母艦的主要武器，用於攻擊空中、水面、水下等目標，此外，殲-15 戰機的增升裝置、起落裝置和攔阻鉤等系統更是全新設計，使戰機保持優良作戰性能兼具有穩定的着艦性能。

　　根據目前已公開的資料，「山東號」艦內部還設有圖書館，同時艦上的食品補給及物資均供應充足。

■ 國產航空母艦的象徵意義

　　航空母艦被稱為世界上最複雜的「武器裝備」，是一個國家綜合實力的象徵。「山東號」自主設計建造，解決了航母總體設計、船體建造、主動力裝備國產化研製等問題，提高了綜合作戰效能，也為第二艘自行建造的航空母艦累積了寶貴經驗。

　　目前，「山東號」航母標誌着中國已經成為世界上第七個有能力自行建造航母的國家，另外六個可以自行建造

航母的國家，分別是美國、俄羅斯、英國、法國、意大利和西班牙。

古代航海技術

歷史上，中國的造船和航海技術相當先進，處於當時世界前列位置，中國的船用指南針、平衡舵、水密艙、多重桅杆、車輪船等先進技術，也源源不斷地傳到了西方，影響深遠。

與中國陸地上古老的「絲綢之路」同時，還曾經在海洋上開闢了一條古老的「海上絲綢之路」。海上絲綢之路，也稱為海上陶瓷之路、海上香料之路。海上絲路於商周時期已開始萌芽，形成於秦漢時期，到了宋元時期，海上絲綢之路的主要大宗商品，已由瓷器取代原來的絲綢。當時在海上航行的，是以中國商船為主，而船中大都是運往海外的瓷器商品。

鄭和七次下西洋

到了明代，海上絲綢之路可以說已擴展至全球。明朝永樂年間，航海家鄭和率領規模龐大的船隊，先後七次向

西航行，歷史上稱為「鄭和七下西洋」。

　　鄭和率軍近 3 萬名、船 62 艘，曾經到達亞洲、非洲共 39 個國家和地區，經海路到達越南、泰國、柬埔寨、馬來半島、印尼、菲律賓、斯里蘭卡、馬爾代夫、孟加拉、印度、伊朗、阿曼、也門、沙特和東非的索馬里、肯尼亞，並與所經過的地方進行貿易，用船上攜帶的金、銀、手工業品等，交換回珠寶和香料、蘇木等奢侈品。鄭和的遠航標誌了海上絲綢之路的極盛發展。

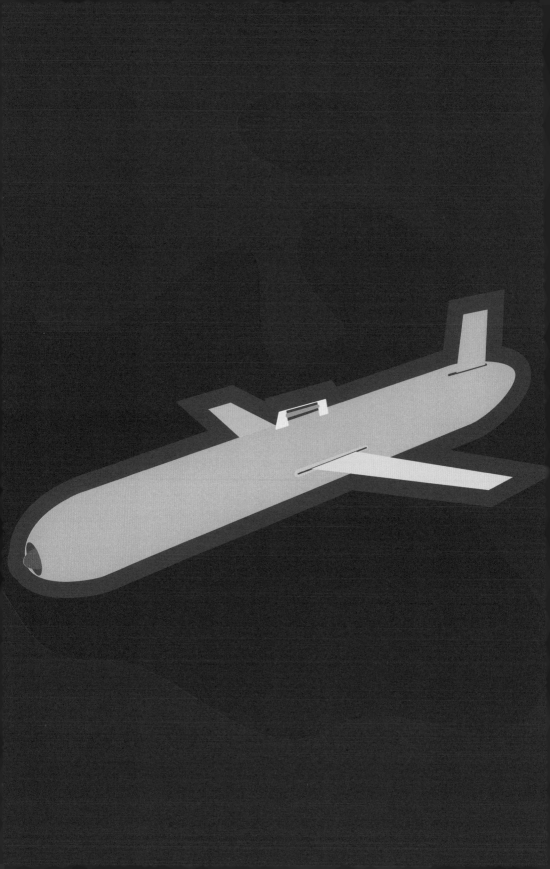

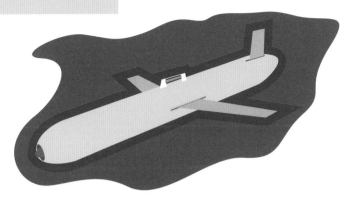

「海翼號」深海滑翔機

　　1783 年夏日裏的一天，在法國巴黎的郊外，孟格菲兄弟成功地讓熱氣球飛到了幾百米的高空。

　　又過了幾十年，這件事引起了一個英國小男孩的興趣。這個小男孩兒名叫凱萊，當時只有十歲。他想，氣球能到高空旅行，是因為它比空氣輕，可是，小鳥比空氣重，為甚麼也能飛上天呢？

　　經過了長時間的琢磨與鑽研，已經長大的凱萊，自己動手設計並製造出了世界上第一架載人滑翔機。這架滑翔機的樣子十分古怪：它有三層固定的翅膀，機身下面還裝了三個小輪子。

　　有趣的是，第一架載人滑翔機的試飛員，也是一個只有十歲的小男孩。1849 年的一天，天氣晴朗，凱萊把滑翔機弄到了一個小山頭上。這個十歲的小試飛員勇敢地爬進

了機身中的一個小籃子裏。他成了世界上第一個，也是年齡最小的滑翔員。

試飛開始啦！在凱萊毅然將滑翔機的繫繩砍斷後，滑翔機從山坡上滑下，慢慢飄行在空中，平穩地飛翔了十幾米遠。山坡上的人們發出了一片歡呼聲。

在凱萊的滑翔機試飛成功之後，研究滑翔機的人愈來愈多了。

可是，在很長很長的時間裏，人們研究滑翔機和滑翔與飛行技術，都只是朝向蔚藍色的、遼闊的天空，誰也沒有想到，在茫茫的大海深處，在深藍色的海水裏，也可以自由地滑翔。

當然，隨着人類科學技術的進步和發展，人類在天空中飛翔、飛行的技術漸漸成熟，甚至已經能夠飛向太空，能夠在海水中自由飛翔和下潛的水下滑翔機、深海滑翔機，也相繼誕生了。

▓ 水下機械人

水下滑翔機，也被稱為「水下機械人」，它是一種通過調節自身浮力和姿態，可以在水下自由滑行的工具。就像小鳥和飛機在天空中飛翔，游泳者和潛水員在水裏自由

自在地游動一樣，這種水下機械人可以深入到人類通常很難達到的那些最深的海底，去收集和獲取一些仍未被人類探索過的寶貴信息。

國外早在 20 世紀 90 年代初就開始了對水下滑翔機的研究，中國對水下滑翔機的研究起步較晚。

在科研人員急起直追之下，就在 2017 年，終於到了挑戰世界紀錄的時候。在這之前，美國製造的水下滑翔機，創造的最深下潛深度世界紀錄是 6003 米。

2017 年 3 月 6 日，中國科學家自主研發的「海翼號」深海滑翔機，在太平洋的馬里亞納海溝挑戰者深淵裏，完成了一次極深度下潛觀測任務，最後被安全回收。「海翼號」這次最深的下潛深度達到了 6329 米，刷新了水下滑翔機最深下潛深度的世界紀錄。

■ 世界最深的深淵

馬里亞納海溝，又叫馬里亞納羣島海溝，是目前人類所探知到的地球上最深的海溝。它最深的地方有 10924 米，是地球上的最深點。根據科學家們的估計和測算，這條海溝形成已經有六千萬年了。

那麼，這個海溝深到甚麼程度呢？

阿基米德
原理
在水下運用的
滑翔原理

打個比方說，如果把海拔約 8849 米、世界上最高的山峯珠穆朗瑪峯放在溝底，它的峯頂仍然不能露出水面。

1960 年 1 月，曾有外國科學家乘坐一艘名叫「第里雅斯特」號的深海潛水器，首次成功地下潛到了馬里亞納海溝進行科學考察。科學家們發現和體驗到，海溝底部不僅是一個漆黑和冰冷的世界，而且高達 1100 個大氣壓的巨大水壓，對於人類的生命也是一個巨大的挑戰。

不過，令人驚奇的是，科學家們發現，就在這麼深、這麼黑暗、又這麼冰冷的海底，竟然有一條比目魚和一隻小紅蝦，在那裏緩緩地、自由自在地游動⋯⋯

是啊，在人類未知的世界裏，還有這麼神奇、這麼讓人意想不到的景象！有了水下機械人，我們對深深的、漆黑的海底世界，就會看得更清晰，了解得更全面了。

■ 「海翼號」到底能做甚麼？

「海翼號」這次在馬里亞納海溝下潛，一共完成了 12 個週期的觀測任務，累計工作了 87 個小時，總航程超過了 130 公里，被科學家們稱讚為目前中國乃至世界上安全下潛深度最深的水下滑翔機。

「海翼號」水下滑翔機肩負着海洋環境監測、資源勘查等重要工作。

「海翼號」就像飛翔在海底的一個小精靈，它的本領可大啦！具體說來，它有這些奇特的本領：

第一，它是潛入深水下進行觀測的最理想的設備。有科學家說：「海翼號」就像我們投放到深海中的情報蒐集員一樣，能夠在世界上任何海底深淵區域，出色地完成情報蒐集任務，為科學研究提供寶貴的信息資料。

第二，像「海翼號」這樣的水下滑翔機，能源消耗量很小，製造成本和維護費用又不高，還可以重複使用、大量投放。

第三，「海翼號」這樣的水下滑翔機，尺寸小，噪音低，可以祕密地潛入黑暗的深海中，不會輕易地就被敵方發現，所以，在潛艇偵查、水雷戰等方面，可以發揮巨大的作用。科學家們稱它是不會暴露目標的深海特工。

▉ 小精靈是這樣長大的

中國的「海翼號」和水下滑翔機技術，是科學家們長期自力更生、艱苦奮鬥的結晶。它們就像一個個小精靈，並不是突然間從甚麼地方冒出來、飛出來的，而是一步一個小腳印，慢慢長大的。

2005 年，成功研製出了「海翼號」水下滑翔機原理樣機，並在湖上試驗。

2007 年，中國的科學家們開始了對水下滑翔機工程樣機的研製工作，僅僅用了一年的時間，就研製成功了中國自主知識產權的水下滑翔機工程樣機。當時，這個新生的小精靈身長 2 米，直徑 0.22 米，伸開的翅膀有 1.2 米，重量約 65 公斤。當時的最深下潛深度，只有 1200 米。

2009 年，科學家們在完成了三次水下滑翔機試驗之後，取得了大量有價值的試驗數據，也積累了更多的作業經驗。

2011 年，在西太平洋成功進行了水下滑翔機的海上試

驗，取得了十分有價值的科學數據。

到了 2014 年 9 月，水下滑翔機長航程試驗完成了，總航程超過了 1020 公里，可以持續 30 天，創下了中國深海滑翔機海上作業航程最遠、作業時間最長紀錄。

■ 不斷壯大的小精靈家族

2017 年 8 月至 9 月，研究人員在南海同時投放了 12 台「海翼號」水下滑翔機，並進行國內規模最大的水下滑翔機羣組網觀察。

同樣屬於海翼系列的新型號「海翼 1000」水下滑翔機，也於 2017 年 10 月中旬在南海順利回收。它在南海北部無故障連續工作 91 天，航行距離 1884 公里，創造了中國水下滑翔機連續工作時間最長等多項新紀錄。

2018 年，「海翼號」更在白令海公海區域首次下潛，這也是首次應用於北極的科學考察。

07 能源開發

試採海域可燃冰

有這樣一個小女孩。

小女孩的爸爸媽媽，是一座海島上的燈塔看守人。有一天，爸爸媽媽上岸購買食品雜物時，把她一個人留在了海島上。爸爸和媽媽走後，海上颳起了大風暴，爸爸媽媽當天無法返回小島。

小女孩懂得，燈塔對那些在大海上航行的船員和水手來說，有多麼重要，特別是在大風暴的天氣裏。

在與排山倒海般的狂風巨浪經過一番搏鬥之後，勇敢的小女孩，最後安全地進入了高高的燈塔裏。

在昏暗中，她摸索着爬上了通向信號燈的旋梯。她劃燃了一根又一根火柴，終於把燈點燃了。

一連四個可怕的暴風雨的夜晚，小女孩兒都讓燈塔燈火通明。她用自己的毅力和夢想，戰勝了黑色的風暴，也

為茫茫大海上的船隻，亮起了前進的航標……

■ 海洋的寶藏在哪裏？

從遙遠的古代開始，人類對大海的想像、好奇、嚮往與探求，從來也沒有停止過。從許多充滿想像力的神話傳說裏，就能感受到這一點。有這樣一個美麗的傳說，說是在煙波浩渺的東海上，有瀛洲、蓬萊、方丈三座仙山，仙山上還住着一些神仙，那裏還有無數的寶藏……

二千二百多年前的秦始皇就相信這個傳說是真的。所以，他派徐福率領一支多達三千人的大船隊，到大海上去尋求那三座仙山。當然，徐福和他的船隊根本就沒有找到甚麼仙山，因為那只是一個神話傳說而已。徐福和他的船隊的去向，也成了一個難解的歷史之謎。不過，徐福的這個航海行動，在當時卻是一次壯舉，體現了人類對茫茫大海的強烈好奇和探索的願望。

那麼，大海的「寶藏」在哪裏呢？

■ 美麗的海上火焰

在中國南海的神狐海域上，海洋科學家們一直在探索

和尋找藏在南海底下的祕密寶藏，科學家們還在那裏建立了一個名叫「藍鯨1號」的鑽井平台，用來探寶。

就像那個看守燈塔的小女孩兒，在茫茫黑夜裏點亮燈塔，讓它發出了明亮的光芒，照耀着風暴中的船隻一樣，2017年5月18日這天，從「藍鯨1號」鑽井平台上，突然噴出了一束耀眼的紅色火焰，一下子照亮了茫茫的海面……

「找到了！我們找到啦！」

「太神奇了！我們試採成功啦！」

這束紅色火焰的升起，意味着中國的首次海域可燃冰試採成功了！

■ 先進的鑽井平台

負責這次試採可燃冰的「藍鯨1號」，可說是全球最先進的超深水雙鑽塔半潛式鑽井平台。這個平台長度約117米、寬度約92.7米，甲板面積相當於一個足球場；高約118米，相當於37層樓那麼高，作業水深最深可以到達3658米，最深的鑽井深度則可到達15240米，超過馬里亞納海溝最深的11034米，可以在任何一處深海作業，開採油氣資源。

「藍鯨1號」採用的是零污染排放設計，盡量降低對周邊海洋生物的影響。

▉ 潛力無限的可燃冰

可燃冰，就是天然氣和水在高壓低溫的條件下，自然形成的一種像冰一樣的結晶物質，它們廣泛地分佈在地球上的每一片海域，有的也隱藏在陸地凍土層下面。科學家們稱這些珍貴的可燃冰是「人類未來的能源」，它們在未來可以替代石油、煤炭等傳統能源。

因為石油、煤炭等傳統資源，只會變得愈來愈稀少，而且它們的燃燒還會污染地球上的自然環境。但是，有了可燃冰，我們就有了一種新的、比較方便和清潔、對環境也更為安全的能源。

▉ 改善環境的清潔能源

可燃冰，即是甲烷氣水包合物，也稱作甲烷水合物、甲烷冰、天然氣水合物，分佈於深海沉積物或陸域永凍土中，雖然外觀是類冰狀的結晶物質，但是可燃冰不是都像冰塊一樣，而是經常與泥沙混在一起。

當遇上火源，可燃冰便像固體酒精一樣被點燃。在燃燒後僅會生成少量的二氧化碳和水，不產生任何殘渣和廢氣，污染比煤、石油、天然氣小很多。

可燃冰能量密度高，據信，1 立方米可燃冰就可以分解釋放出 160 立方米以上的天然氣。而且，在同等的條件下，可燃冰所燃燒產生的能量便高出煤、石油、天然氣足足十倍。

不過，可燃冰雖然是潔淨能源，但燃燒甲烷時的溫室反應是二氧化碳的二十多倍。若開採可燃冰時不慎導致大量甲烷氣體泄漏，很可能引發嚴重的溫室效應，造成海洋生物大量滅絕，同時影響到人類的食物鏈。

傳統的能源危機已經擺到了人類的面前。有人說，誰掌握了能源，誰就擁有了世界。為此，世界各國都在尋找可替代傳統能源的新能源。可燃冰儲量巨大，被國際公認為石油、天然氣的替代能源，是重要的戰略資源。可燃冰一旦得到開發，將徹底改變世界能源的發展趨勢。

▉ 豐富的蘊藏量

目前，全球可燃冰研發活躍的國家主要有中國、美國、日本、加拿大、韓國和印度等，競爭異常激烈。據報道，

1000年
可燃冰藏量可供人類
使用的估計時間

全球直接或間接地發現的可燃冰礦點超過二百多處，藏量約為 2100 萬億立方米。

2017 年 5 月開始的成功試採，是中國首次，也是世界第一次成功實現資源量全球佔比 90% 以上、開發難度最大的泥質粉砂型天然氣水合物安全可控開採，為實現天然氣水合物商業性開發利用提供了技術儲備，積累了寶貴經驗。

▍ 開發難題

豆腐那麼軟、那麼嫩，怎麼在上面打鐵呢？

原來，這是在「藍鯨 1 號」鑽井平台上工作的科學家和工人們，對他們試採可燃冰的工作所做的形象比喻。

根據科學家們的預測，中國是可燃冰最主要的分佈區，全國的資源儲存量相當於 1000 億噸油當量，其中有近 700 億噸的可燃冰寶藏，就藏在南海底下。開採海洋裏的可燃冰，是全新的能源開採領域。

想像一下，要在深不可測的海底，找到那些祕密的寶藏，然後讓它們噴出紅色火焰來，可不就像是「在豆腐上打鐵，用金剛鑽繡花」嘛！不僅要膽大心細、小心翼翼，而且還需要特別的耐心，需要有一種鍥而不捨的堅定毅力。因為，誰也無法看見，那些祕密的寶藏躲藏在甚麼地方。

誰也不能完全斷定，我們離那些「冰與火」會有多深、有多遠。

一位負責鑽探的科學家說：「可燃冰開採最大的難點，就是你根本不知道難點在哪裏！因為在鑽井試採中，隨時充滿着風險和不確定性。比方說，由於可燃冰屬於天然氣水合物，在開採中既不能讓其形成二次水合物，又要在鑽井過程中抑制其分解。」

他還說：「你想想看，在豆腐上打鐵，稍微不小心，不僅鐵沒有打成，還會把成塊的豆腐打成一攤豆腐渣呢！」

▋ 預想的未來

科學家預測，到了 2030 年，中國可望實現可燃冰產業化。也就是說，到那時候，燒水、做飯、在冬天裏供暖所用的燃氣，還有工廠、機關、醫院、學校所需要的燃氣，都是乾淨清潔、方便輸送的可燃冰。

雖然可燃冰擁有光明的前途，但是也承擔着不少未知的風險，例如開採成本昂貴、可能釋出溫室氣體、引發海底變形甚至滑坡等。因此，在廣泛應用可燃冰之前，還需要考慮各種問題。

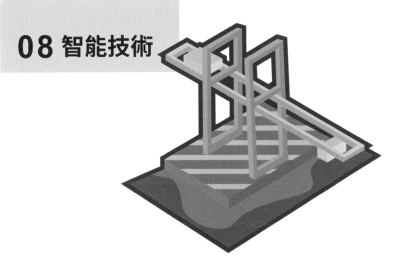

自動化碼頭

　　小傑是一個正在上二年級的小男生，他家住在上海浦東的一個漂亮的小區裏。他的爸爸，是在上海洋山港碼頭工作的一位工程師。

　　在小傑的想像中，所有的海港、碼頭，一定都像一些電影、小說故事裏描寫的那樣：汽笛聲聲、人聲沸騰。許多的大輪船來來往往，有的正在拉響汽笛，準備啟碇遠航；有的正在緩緩靠近駁船。工人們在船舷和陸地之間架起舷梯，搬運工人們上上下下，大吊車也揚起了高高的手臂，即將卸下滿船的貨物……

　　可是爸爸笑着告訴小傑說：「不，小傑，我們的碼頭，可不完全像你想像中的那樣喲！」

　　小傑心中的那份好奇愈發加重了。

　　爸爸看出了他的心思，就笑着說：「不要着急。我們

的洋山港碼頭快要為開港測試營運了。爸爸帶你去仔細參觀一下，你就會親眼看到碼頭上的那些魔法了！」

▉ 看不見的「魔法指揮棒」

2017 年 12 月 10 日，是小傑爸爸工作的上海洋山港四期自動化碼頭開港測試運營的日子。爸爸特意讓小傑和媽媽參觀了碼頭。

跟小傑想像中的海港碼頭完全不一樣的是，在這裏竟然看不見一個人影，也聽不見任何喧鬧聲，除了偶爾幾聲高亢的汽笛聲，好像在跟前來「領取」貨物的大吊車親切地「打着招呼」，碼頭全場都是安安靜靜的。那些自動導引車，好像是被一根看不見的「魔法指揮棒」輕輕指揮着，正不聲不響地載着巨大的集裝箱（貨櫃），跑向自己應該去的地方；還有一架架軌道吊車，也在默默地、前前後後地移動着，把一個個集裝箱整整齊齊地排列到指定的地點。

小傑和媽媽都睜大了眼睛，好奇地看着眼前這神奇的一切⋯⋯

碼頭和堆場上，一排排採用紅白相間塗裝的現代化大型港機裝備，十分醒目。整個碼頭一共建有七個無比寬敞的集裝箱泊位，看上去真是美麗極了！不過，就算小傑和

他媽媽再怎麼睜大眼睛，再怎麼使勁眺望，那密密麻麻、整整齊齊地排列着的巨大的裝運設備，根本就望不到邊！

原來，設計專家為這個集裝箱碼頭設計的岸線總長有 2350 米，為這個自動化碼頭設計的年裝運能力，初期為四百萬標準箱，長期為六百三十萬標準箱。

■ 自動化智能碼頭

中國的自動化集裝箱碼頭建設起步較晚。喧囂，是傳統碼頭二十四小時的常態，到處是辛苦作業的碼頭工人。自動化、無人作業、安靜、綠色的智能碼頭，曾經只能在歐美少數發達國家看到。2017 年，一場靜悄悄的「碼頭革命」在中國開始了。

在此之前的 2014 年，廈門遠海碼頭的 14 號泊位及 15 號部分泊位率先改造，建成中國第一個全自動化集裝箱碼頭，並於 2016 年 6 月投入運營。

2017 年 5 月 11 日，青島港自動化碼頭正式投運；5 月 24 日，全球最大的集裝箱船在廈門港自動化碼頭完成裝船；2017 年 12 月 10 日，上海洋山港第四期開港，全現場無人、全系統智能，二十四小時全天候工作。

上海洋山港四期自動化碼頭是目前全世界最大的自動

相當於
312 個
足球場
洋山港四期用地
面積

化智能碼頭，也是全世界綜合自動化程度最高的碼頭。它是中國的科學家、設計專家和工人們，經過了將近三年的艱苦建設，然後又經過了十八個月的全面、細緻的設備和系統調試，才創造出的這個讓整個世界港口航運業感到驚歎的奇跡！

小傑說：「爸爸，我想為校報寫一篇通訊，就寫一寫這個神奇的魔法碼頭！」

爸爸笑着說：「那你想不想更詳細地採訪一下爸爸？我可以給你講講這個碼頭另外一些與眾不同的地方。」

「當然想啦！爸爸，請你稍等，我去拿錄音筆來。」

▊ 小記者採訪大碼頭

「請問工程師先生，上海洋山港四期自動化碼頭有甚麼特別的地方？」

「第一，它的規模很大。在洋山四期自動化碼頭開港之前，中國已有廈門港、青島港兩個智能化碼頭，但它們分別只有 1 個和 4 個泊位，都比較小，而我們的洋山港四期碼頭，達到了 7 個泊位，而且是一次建成。」

「真了不起！那麼，第二呢？」

「第二，它是全球綜合自動化程度最高的碼頭。工人

們只要坐在安靜的調度室裏，就能實現自動裝載那些巨大的集裝箱。」

「這麼說，每一位工人叔叔的手上，都有一根看不見的魔法指揮棒？」

「是的，你比喻得很形象。有了這些魔法指揮棒，我們可以提升 50% 的工作效率。以前，一台橋吊需要配備幾十個工人叔叔，現在，一個工人叔叔就能服務好幾台橋吊，而且只需要坐在後方的控制室，輕輕地點一點鼠標，全部工作就可以完成，不需要到碼頭現場去了。」

「太棒了！第三呢？」

「第三，在這個碼頭的設計中，首次採用了我們自主研發的自動導引車自動換電池系統。就是說，按照設計，更換電池只需要 6 分鐘時間，電池充滿電也只需要 2 個小時，整個充電過程零排放，可以節省能耗 40% 以上呢！」

「這麼了不起的技術，是爸爸發明和設計的嗎？」

「當然啦！不過，可不是爸爸一個人喲！是爸爸和很多工程師叔叔、阿姨用集體智慧創造出來的！」

■ 自動化碼頭的趨勢

「你們很厲害呀！可是，為甚麼需要像這樣的自動化

碼頭呢？」

「你知道嗎？近年，全球航運業持續低迷，要保持國際競爭力，並不容易。如今在全球航運業，成本是企業的生命線，技術革命都圍繞節省成本、提高效率來開展。於是，碼頭的自動化、智能化，便成為發展趨勢之一。」

■ 綠色的全自動化碼頭

碼頭上幾乎見不到任何工人，那麼，碼頭的管理又如何自動運作呢？

管理全靠全自動化碼頭生產管理及控制系統。例如自動導航車，在貨船靠岸後，這些貨車不需要司機駕駛，在自動導航下到場，橋吊自動裝卸集裝箱後，導航車便開始搬運集裝箱到場內。行駛時，可以避開障礙物，可以減速、剎車或繞路，遇到突發狀況時自行決定規劃最佳駕駛線路，在繁忙的碼頭內自如穿梭。全靠 5G 及導航操作，只需在中央控制室簡單操控，用幾個電子熒幕就可以監控全部流程，大大減輕了操作人員的工作負擔。

自動導航的主要技術是採用磁釘定位導航系統。在洋山港四期碼頭內，地面上安裝六萬餘顆螺釘維持定位狀態，再通過磁導航傳感器檢測磁釘發出的磁信號，達到自動導

航定位。

　　洋山港四期自動化碼頭更是一個零碳排放的綠色碼頭，使用節能光源、太陽能等清潔電能，碼頭裝卸等過程中不會有廢氣排放，亦沒有噪音問題。

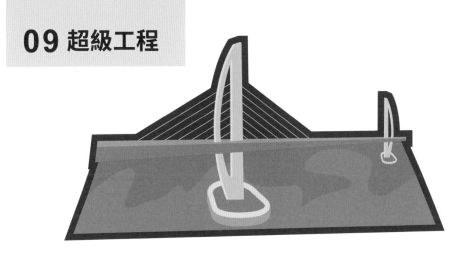

港珠澳大橋

　　中國現代詩人艾青，在他的詩歌裏這樣告訴我們：當土地與土地被水分割了的時候，當道路與道路被水截斷了的時候，智慧的人類站立在水邊，築起了把分隔的土地、道路相連的通道，於是就產生了橋。

　　是的，世界上有了人類，也就有了人們用雙腳踏出的道路；世界上有了江河，也就有了人類用智慧的雙手建造起來的橋樑。

　　在中國古代，「橋」和「樑」雖然是兩個字，表達的卻是同一個意思：橋，就是搭建在水上的木樑，就像人們搭建在房屋裏的木樑一樣。所以在古代，人們也把橋稱為「樑」。

　　橋，不僅是土地和土地的聯繫，是河流對道路的「愛」，橋，也是船隻和車輛互相點頭致敬的「站點」，是乘船的人和步行走路的人互相揮手告別的地方。

所以，在大地上辛苦跋涉的人類啊，應該深深地感謝橋！

■ 永不消失的「彩虹」

一陣雷雨之後，太陽衝破烏雲，天空升起了一道彎彎的彩虹，彷彿是美麗的橋樑。可是，再美再大的彩虹，不一會兒就會消失不見了。

然而，有一座大橋卻不消失。

這一座大橋，就是在 2017 年 9 月 27 日這一天實現了全線貫通的中國港珠澳大橋，它是目前世界上最長的一座跨海大橋。

原來早在 1983 年，已有人提出興建連接香港與珠海的伶仃洋大橋，到了 2003 年，伶仃洋大橋項目由港珠澳大橋項目取代。現在的港珠澳大橋東端連接着美麗的「東方之珠」香港，西端連接着珠海、澳門。這座連接三地的大橋，便順理成章既有英語名稱 Hong Kong-Zhuhai-Macao Bridge，也有葡萄牙語名稱 Ponte Hong Kong-Zhuhai-Macau 了。

大橋全長 55 公里，而且沿途把橋、島、隧道連成了一個完美的整體。

而且，這座大橋也是世界上設計壽命最長的大橋，它

的設計壽命可以達到 120 年以上呢！它還能抵抗 16 級颱風和 7 級地震。2018 年 9 月 16 日，強颱風「山竹」吹襲香港，大橋便經歷了 16 級強風而安然無恙。

此外，大橋更可抵禦 30 萬噸撞擊以及珠江口 300 年一遇的洪潮。

目前，中國橋樑的使用年限，容易更換的結構是 25 年，普通結構是 50 年，紀念性建築 100 年以上，與普通橋樑相比，因為處在高溫、高濕和高鹽環境中，港珠澳大橋在處理防水、防銹、防腐等工序，便需要更多更細緻的考量。

這座超級長的跨海大橋的建設，一直在吸引着全世界橋樑界關注的目光，剛剛貫通沒多久，就已經有六十多個國家的橋樑專家和團隊前來參觀。英國的《衛報》還稱它是「當代世界七大奇跡」之一。

■ 超級大工程

這麼宏偉的一座大橋，是誰設計和建造的呢？

無數的橋樑科學家、工程師、技術人員和工作人員，為這座大橋付出了寶貴的心血，花費了將近十年的時間，才建造起了這座大橋。

2007 年，確定港珠澳大橋三地落點位置，分別為香港

大嶼山石散石灣、澳門明珠點和珠海拱北。

2009 年 12 月 15 日，工程在珠海動工。

擔綱這個世界級工程設計的橋樑科學家，也是港珠澳大橋施工圖設計的總負責人劉曉東，他講了這樣一個細節：2010 年，大橋建設還沒有正式開工，只是處在試驗階段的時候，進行了一個建造隧道的基礎試驗，就是在海底打樁，上面鋪上「樁帽」，樁帽上面再鋪上碎石，然後把沉管放在上面。

樁帽亦稱樁尖，焊接在樁頭位置，在樁身進入土層時，可以避免樁頭被破壞及樁身傾斜，確保樁身準確地進入持力層。

可是，在試驗過程中，他們發現，那些碎石總是喜歡往兩邊跑，專業的術語叫「不收斂」。於是他們開始警惕了，試驗是在「靜載」狀況下進行的，如果是「動載」呢？比如發生了地震，地震會讓隧道產生變形和遭到破壞，那時，大橋工程就可能面臨失敗……

▓ 追求 100% 安全

於是，他們決定以安全為先，推倒了原先的設計思路，重新尋找新的方案。

再說一個細節：港珠澳大橋的主體工程「海中橋隧」，長約 35.578 公里，海底隧道長約 6.75 公里，通過兩個人工島連接起來，是世界最長的跨海橋樑工程。

那麼，進行如此浩大的海底工程時，怎樣對待施工中可能遇到的漏水問題呢？

劉曉東說：「我們的港珠澳大橋，即使是 99.99% 的保證率都不行，只要發生 0.01% 的漏水，就可能帶來不可想像的災難！所以，我們的安全保證率必須達到 100%，才能通過。」

■ 人工島的龐大工程

2010 年，開始建造人工島。

把大橋和隧道接連在一起的是兩個面積為 10 萬平方米的人工島。人工島的建造是世界首次提出的探插式鋼圓筒快速成島技術，用 120 個巨型鋼筒直接固定在海牀上插入海底，再在中間填土形成人工島。

用來建造人工島的鋼筒究道有多巨型呢？它的直徑有 22.5 米，和一個籃球場幾乎一樣大；高度有 55 米，大約有 18 層樓的高度；重量相當於一架 A380「空中巴士」客機，達到 550 噸。

2016 年 2 月 28 日，大橋所有橋墩和人工島主體工程完成。

■ 海底隧道的建造

港珠澳大橋的海底隧道，是中國首條外海沉管隧道，也是當今世界上最長、埋深最深、綜合技術難度最高的沉管隧道。

2013 年 5 月，海底隧道的第一節海底「沉管」開始浮運安裝，一直到 2017 年 5 月 2 日，最後一個接頭安裝完畢，在海底一共完成了 34 次「沉管」連接，整整用了 4 年時間！每一節沉管接頭的偏差，不到 1 毫米，可說是天衣無縫。

全長約 6.75 公里、世界最長的海底隧道，由 33 節沉管對接而成，每一節都重達 8 萬噸，甚至比「山東號」航空母艦還要大。

■ 大橋橋樑主體工程

2014 年 4 月，開始整體吊裝一段鋼製橋面，重 3000 噸，長度超過 130 米，寬度超過 33 米，是中國海上橋段吊裝最大、技術最難的記錄。

港珠澳大橋是世界上最大的鋼結構橋樑，僅是大橋的主樑鋼板用量就達到了 42 萬噸，相當於 10 座俗稱「鳥巢」的國家體育場。

2016 年 6 月 29 日，主體橋樑完成合龍貫通。

2016 年 9 月 27 日，港珠澳大橋主體橋樑正式貫通。

2017 年 3 月 7 日，港珠澳大橋海底隧道最後一節沉管安裝完成。

2017 年 5 月 2 日，主體工程全線貫通。

2018 年 9 月 28 日，開始進行粵港澳三地聯合試運。

2018 年 10 月 24 日，正式通車。

2018 年 12 月 5 日，大橋首次進行亮燈儀式，紅、綠、藍、紫四色燈光在橋塔亮起，看上去就像七色彩虹。

原來，港珠澳大橋全線的夜景照明分為兩種：功能性照明和裝飾性照明。夜景燈光系統又採用日常模式和假期模式兩種，通過節能環保的變色 LED 燈製造五彩繽紛的效果，把大橋照得璀璨迷人。

▉ 保護白海豚

港珠澳大橋跨越的海面，正是海洋珍稀動物白海豚生活的家園。

那麼，建造這座超級跨海大橋，會不會傷害了白海豚，讓可愛的小海豚們失去自己的家園呢？

劉曉東說，他們在建設大橋的時候，與中國科學院水生生物研究所、中山大學、交通運輸部規劃研究院等單位合作，組建了專門的保護白海豚的團隊。

該團隊三百多次出海追蹤白海豚的出沒，拍攝了三十多萬張照片，給生活在這片海域的一千多頭白海豚做了識別標誌，認識白海豚的生活習性，並制訂了詳細的保護方案，並在施工時採取了最仔細的保護措施。

劉曉東還說，在大橋建成前，保護白海豚的團隊統計出來的海豚數量是 1400 頭，大橋主體工程完工後，發現這裏的白海豚數量增加到了 1800 頭！

▨ 飛馳在彩虹之上

大橋通車後，香港、珠海、澳門之間的車程，可以由原來的三小時縮短到只要半小時就夠了。

乘車穿過海底四十多米深的隧道時，用手機通話，不會有任何信號的障礙。

此外，在隧道內設置了多組大型懸掛式射流風機，空氣流通方向便按照車流方向呈送，風機既可以吸入隧道外

的空氣，也可以排出隧道內的汽車廢氣。

在這座大橋橋面上行駛的車輛，如果萬一出現了交通事故，只需要 5 到 7 分鐘，就可獲得救援；如果在海底隧道裏發生了事故，救援力量在 3 分鐘內就能到達。

即使司機忘記攜帶手提電話，在中間服務管廊的管線通道也安裝了通信線路，在遇到緊急情況需要求助時，也可以隨時下車，使用隧道內壁設置的緊急求助設備。

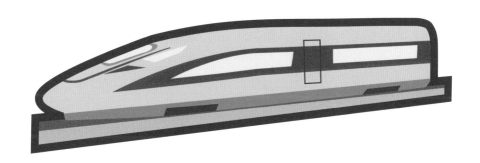

高速列車「復興號」

　　在我很小的時候，村裏的許多小夥伴，大都沒有坐過火車，但是毫無疑問，大家都很嚮往能乘坐一次火車。

　　曾有一位坐火車去東北親戚家的小夥伴，回來後，驕傲地給大家描述了他坐火車的感受：「火車跑得像飛一樣快，車外面的那些樹，一棵一棵，都是飛快地向後退去的……」

　　長大了後，我讀到了兒童文學作家金波的一篇散文《森林小火車》，作者在文中描寫的火車「在森林的大海裏行駛」的情景，和我那個小夥伴坐火車的感覺，是十分相似的：

　　車窗外，閃過一棵棵大樹。

　　它們揮舞着手臂，好像列隊歡迎着我們，又像接受着我們的檢閱。

　　坐在森林小火車裏，滿眼看到的都是樹。

我聽見小火車一面跑，一面和大森林打着招呼：

樹……

樹……

樹……

大樹一棵棵向後面退去……

　　現在想來，那個小夥伴當年的描述，還是比較準確的。

　　是的，坐火車就是這樣的感覺：火車向着前方飛馳，鐵路兩邊的田野和大樹，也在飛快地向後面退去。

▌ 詹天佑的成就

　　1872 年，一艘海輪冒着滾滾濃煙，緩緩駛入了茫茫太平洋之中。這艘大船上，載着包括詹天佑在內的 30 名只有十來歲的中國少年，去往美國學習先進的文明與科學技術……

　　九年之後，二十歲的詹天佑以出色的成績從世界名牌大學耶魯大學畢業，返回了中國。

　　1905 年，詹天佑被任命為「京張鐵路」的總工程師。全部由中國自行興建的京張鐵路，連接北京至張家口，全長 222 公里，需要興建的隧道及橋樑不少，詹天佑明白工

程艱巨，更關係到中國工程師的聲譽。他憑着一種頂天立地的擔當勇氣，堅持四年，在 1909 年建成京張鐵路。

差不多一百年之後，中國鐵路再一次向前突破，那就是高速鐵路。

■ 高速鐵路

高速鐵路，或稱高速鐵道，簡稱高鐵，速度比普通鐵路更快，是一種需要使用特別鐵路機車車輛以及專用軌道的鐵路運輸系統。一般而言，高速鐵路速度約為普通鐵路的兩至三倍，最高營運時速可以達到每小時 200 公里以上。中國高速鐵路例如 2008 年通車的京津高鐵，營運時速便可高達 300 公里以上。

■ 「復興號」奔馳在廣袤的大地上

2017 年 9 月 21 日，第一列由中國人擁有自主知識產權的國產「復興號」高速列車，奔馳在北京——上海的高速鐵路上。

「復興號」的速度，達到了每小時 350 公里！

其實「復興號」不僅速度快，而且壽命長。為適應中

8.36億
公里

截至 2020 年「復興號」
累計安全運行距離

國地域廣闊、溫度橫跨正負攝氏 40 度、長距離等運行條件，「復興號」進行了 60 萬公里考核，而且設計壽命長達 30 年。

　　「復興號」高鐵的一些特點還包括：空間更大、能耗更低、安全性更強，乘客們坐上「復興號」，感覺比乘坐以前的火車更加寬敞和舒適。

　　「復興號」從整體設計到車體、牽引、制動、網絡等關鍵技術都是中國自主研發，是具有完全自主知識產權、達到世界先進水平的動車組列車，特別是動車的控制軟件全部是自主開發。在此之前，中國把所有引進國外技術、聯合設計生產的動車組列車命名為「和諧號」。

▓ 自主研製的進程

　　中國標準動車組的研製始於 2012 年，大約 3 年後，2015 年 6 月離開生產線，正式展開試驗工作。

　　2016 年 7 月 15 日，兩列高鐵列車原型車在鄭徐高鐵上交會，創造了高鐵列車交會速度的世界新紀錄。

　　2016 年 8 月 15 日，首次進行載客試運，從大連北站出發，沿哈大高鐵開往瀋陽站。

　　2017 年 6 月 25 日，中國標準動車組正式命名為「復興號」。

2017 年 7 月 27 日，「復興號」在進行了時速 350 公里實車、實重和實速檢驗檢測、可行性研究和運營安全評估。

2018 年 6 月至 9 月，「復興號」在世界上首次實現時速 350 公里自動駕駛功能。

2019 年 12 月 30 日，350 公里智能京張高鐵正式營運，也是中國第一條採用北斗衛星導航系統並使用自動駕駛功能的智能高鐵。

新款的「復興號」智能動車組全車覆蓋 5G 無線網絡，提供智能化的旅客服務，此外，通過列車網絡和車廂視頻的聯動功能，當發生緊急事故時可以快速確認並提高應急效率。

尋找中國未來地圖上的你

徐魯 著

責任編輯：華　田
裝幀設計：華　田
排　　版：華　田
印　　務：劉漢舉

■ 出版 ■

中華教育

香港北角英皇道 499 號北角工業大廈 1 樓 B
電話：（852）2137 2338　傳真：（852）2713 8202
電子郵件：info@chunghwabook.com.hk
網址：http://www.chunghwabook.com.hk

■ 發行 ■

香港聯合書刊物流有限公司

香港新界荃灣德士古道 220-248 號荃灣工業中心 16 樓
電話：（852）2150 2100
傳真：（852）2407 3062
電子郵件：info@suplogistics.com.hk

■ 印刷 ■

美雅印刷製本有限公司

香港觀塘榮業街 6 號海濱工業大廈 4 樓 A 室

■ 版次 ■

2022 年 3 月第 1 版第 1 次印刷
©2022 中華教育

■ 規格 ■

230mm×160mm
ISBN：978-988-8760-35-0